Reitergeschichte

Hugo von Hofmannsthal

Herausgeber: Culturea (34, Hérault)
Druck: BOD - In de Tarpen 42, Norderstedt (Deutschland)
Website: http://culturea.fr
Kontakt: infos@culturea.fr
ISBN:9791041933853
Veröffentlichungsdatum: April 2023
Layout und Design: https://reedsy.com/
Dieses Buch wurde mit der Schriftart Bauer Bodoni gesetzt.

ER WIRT MIR GEBEN

Den 22. Juli 1848, vor 6 Uhr morgens, verließ ein Streifkommando, die zweite Eskadron von Wallmodenkürassieren, Rittmeister Baron Rofrano mit einhundertsieben Reitern, das Kasino San Alessandro und ritt gegen Mailand. Über der freien, glänzenden Landschaft lag eine unbeschreibliche Stille; von den Gipfeln der fernen Berge stiegen Morgenwolken wie stille Rauchwolken gegen den leuchtenden Himmel; der Mais stand regungslos, und zwischen Baumgruppen, die aussahen wie gewaschen, glänzten Landhäuser und Kirchen her. Kaum hatte das Streifkommando die äußerste Vorpostenlinie der eigenen Armee etwa um eine Meile hinter sich gelassen, als zwischen den Maisfeldern Waffen aufblitzten und die Avantgarde feindliche Fußtruppen meldete. Die Schwadron formierte sich neben der Landstraße zur Attacke, wurde von eigentümlich lauten, fast miauenden Kugeln überschwirrt, attackierte querfeldein und trieb einen Trupp ungleichmäßig bewaffneter Menschen wie die Wachteln vor sich her. Es waren Leute der Legion Manaras, mit sonderbaren Kopfbedeckungen. Die Gefangenen wurden einem Korporal und acht Gemeinen übergeben und nach rückwärts geschickt. Vor einer schönen Villa, deren Zufahrt uralte Zypressen flankierten, meldete die Avantgarde verdächtige Gestalten. Der Wachtmeister Anton Lerch saß ab, nahm zwölf mit Karabinern bewaffnete Leute, umstellte die Fenster und nahm achtzehn Studenten der Pisaner Legion gefangen, wohlerzogene und hübsche junge Leute mit weißen Händen und halblangem Haar. Eine halbe Stunde später hob die Schwadron einen Mann auf, der in der Tracht eines Bergamasken vorüberging und durch sein allzu harmloses und unscheinbares Auftreten verdächtig wurde. Der Mann trug im Rockfutter eingenäht die wichtigsten Detailpläne, die Errichtung von Freikorps in den Giudikarien und deren Kooperation mit der piemontesischen Armee betreffend. Gegen 10 Uhr vormittags fiel dem Streifkommando eine Herde Vieh in die Hände. Unmittelbar nachher stellte sich ihm ein starker feindlicher Trupp entgegen und beschoß die Avantgarde von einer Friedhofsmauer aus. Der Tete-Zug des Leutnants Grafen Trautsohn überspang die niedrige Mauer und hieb zwischen den Gräbern auf die ganz verwirrten Feindlichen ein, von denen ein großer Teil in die Kirche und von dort durch die Sakristeitür in ein dichtes Gehölz sich rettete. Die siebenundzwanzig neuen Gefangenen meldeten sich als neapolitanische Freischaren unter päpstlichen Offizieren. Die Schwadron hatte einen Toten. Einer das Gehölz umreitenden Rotte, bestehend aus dem Gefreiten Wotrubek und den Dragonern Holl und Haindl, fiel eine mit zwei Ackergäulen bespannte leichte Haubitze in die Hände, indem sie auf die Bedeckung einhieben und die Gäule am Kopfzeug packten und umwendeten. Der Gefreite Wotrubek wurde als leicht verwundet mit der Meldung der bestandenen Gefechte und anderer Glücksfälle ins Hauptquartier zurückgeschickt, die Gefangenen gleichfalls nach rückwärts transportiert, die Haubitze aber von der nach abgegebener Eskorte noch achtundsiebzig Reiter zählenden Eskadron mitgenommen.

Nachdem laut übereinstimmender Aussagen der verschiedenen Gefangenen die Stadt Mailand von den feindlichen sowohl regulären als irregulären Truppen vollständig verlassen, auch von allem Geschütz und Kriegsvorrat entblößt war, konnte der Rittmeister sich selbst und der Schwadron nicht versagen, in diese große und schöne, wehrlos daliegende Stadt einzureiten. Unter dem Geläute der Mittagsglocken, der Generalmarsch von den vier Trompeten hinaufgeschmettert in den stählern funkelnden Himmel, an tausend Fenstern hinklirrend und zurückgeblitzt auf achtundsiebzig Kürasse, achtundsiebzig aufgestemmte nackte Klingen; Straße rechts, Straße links wie ein aufgewühlter Ameishaufen sich füllend mit staunenden Gesichtern; fluchende und erbleichende Gestalten hinter Haustoren verschwindend, verschlafene Fenster aufgerissen von den entblößten Armen schöner Unbekannter; vorbei an Santo Babila, an San Fedele, an San Carlo, am weltberühmten marmornen Dom, an San Satiro, San Giorgio, San Lorenzo, San Eustorgio; deren uralte Erztore alle sich auftuend und unter Kerzenschein und Weihrauchqualm silberne Heilige und brokatgekleidete strahlenäugige Frauen hervorwinkend; aus tausend Dachkammern, dunklen Torbogen, niedrigen Butiken Schüsse zu gewärtigen, und immer wieder nur halbwüchsige Mädchen und Buben, die weißen Zähne und dunklen Haare zeigend; vom trabenden Pferde herab funkelnden Auges auf alles dies hervorblickend aus einer Larve von blutgesprengtem Staub; zur Porta Venezia hinein, zur Porta Ticinese wieder hinaus: so ritt die schöne Schwadron durch Mailand.

Nicht weit vom letztgenannten Stadttor, wo sich ein mit hübschen Platanen bewachsenes Glacis erstreckte, glaubte der Wachtmeister Anton Lerch am ebenerdigen Fenster eines neugebauten hellgelben Hauses ein ihm bekanntes weibliches Gesicht zu sehen. Neugierde bewog ihn, sich im Sattel umzuwenden, und da er gleichzeitig aus einigen steifen Tritten seines Pferdes vermutete, es hätte in eines der vorderen Eisen einen Straßenstein eingetreten, er auch an der Queue der Eskadron ritt und ohne Störung aus dem Gliede konnte, so bewog ihn alles dies zusammen, abzusitzen, und zwar nachdem er gerade das Vorderteil seines Pferdes in den Flur des betreffenden Hauses gelenkt hatte. Kaum hatte er hier den zweiten weißgestiefelten Vorderfuß seines Braunen in die Höhe gehoben, um den Huf zu prüfen, als wirklich eine aus dem Innern des Hauses ganz vorne in den Flur mündende Zimmertür aufging und in einem etwas zerstörten Morgenanzug eine üppige, beinahe noch junge Frau sichtbar wurde, hinter ihr aber ein helles Zimmer mit Gartenfenstern, worauf ein paar Töpfchen Basilika und rote Pelargonien, ferner mit einem Mahagonischrank und einer mythologischen Gruppe aus Biskuit dem Wachtmeister sich zeigte, während seinem scharfen Blick noch gleichzeitig in einem Pfeilerspiegel die Gegenwand des Zimmers sich verriet, ausgefüllt von einem großen weißen Bette und einer Tapetentür, durch welche sich ein beleibter, vollständig rasierter älterer Mann im Augenblicke zurückzog.

Indem aber dem Wachtmeister der Name der Frau einfiel und gleichzeitig eine Menge anderes: daß es die Witwe oder geschiedene Frau eines kroatischen Rechnungsunteroffiziers war, daß er mit ihr vor neun oder zehn Jahren in Wien in Gesellschaft eines anderen, ihres damaligen eigentlichen Liebhabers, einige Abende und halbe Nächte verbracht hatte, suchte er nun mit den Augen unter ihrer jetzigen Fülle die damalige üppig-magere Gestalt wieder hervorzuziehen. Die Dastehende aber lächelte ihn in einer halb geschmeichelten slawischen Weise an, die ihm das Blut in den starken Hals und unter die Augen trieb, während eine gewisse gezierte Manier, mit der sie ihn anredete, sowie auch der Morgenanzug und die Zimmereinrichtung ihn einschüchterten. Im Augenblick aber, während er mit etwas schwerfälligem Blick einer großen Fliege nachsah, die über den Haarkamm der Frau lief, und äußerlich auf nichts achtete, als wie er seine Hand, diese Fliege zu scheuchen, sogleich auf den weißen, warm und kühlen Nacken legen würde, erfüllte ihn das Bewußtsein der heute bestandenen Gefechte und anderer Glücksfälle von oben bis unten, so daß er ihren Kopf mit schwerer Hand nach vorwärts drückte und dazu sagte: »Vuic« – diesen ihren Namen hatte er gewiß seit zehn Jahren nicht wieder in den Mund genommen und ihren Taufnamen vollständig vergessen –, »in acht Tagen rücken wir ein, und dann wird das da mein Quartier«, auf die halboffene Zimmertür deutend. Unter dem hörte er im Hause mehrfach Türen zuschlagen, fühlte sich von seinem Pferde, zuerst durch stummes Zerren am Zaum, dann, indem es laut den anderen nachwieherte, fortgedrängt, saß auf und trabte der Schwadron nach, ohne von der Vuic eine andere Antwort als ein verlegenes Lachen mit in den Nacken gezogenem Kopf mitzunehmen. Das ausgesprochene Wort aber machte seine Gewalt geltend. Seitwärts der Rottenkolonne, einen nicht mehr frischen Schritt reitend, unter der schweren metallischen Glut des Himmels, den Blick in der mitwandernden Staubwolke verfangen, lebte sich der Wachtmeister immer mehr in das Zimmer mit den Mahagonimöbeln und den Basilikumtöpfen hinein und zugleich in eine Zivilatmosphäre, durch welche doch das Kriegsmäßige durchschimmerte, eine Atmosphäre von Behaglichkeit und angenehmer Gewalttätigkeit ohne Dienstverhältnis, eine Existenz in Hausschuhen, den Korb des Säbels durch die linke Tasche des Schlafrockes durchgesteckt. Der rasierte, beleibte Mann, der durch die Tapetentür verschwunden war, ein Mittelding zwischen Geistlichem und pensioniertem Kammerdiener, spielte darin eine bedeutende Rolle, fast mehr noch als das schöne breite Bett und die feine weiße Haut der Vuic. Der Rasierte nahm bald die Stelle eines vertraulich behandelten, etwas unterwürfigen Freundes ein, der Hoftratsch erzählte, Tabak und Kapaunen brachte, bald wurde er an die Wand gedrückt, mußte Schweiggelder zahlen, stand mit allen möglichen Umtrieben in Verbindung, war piemontesischer Vertrauter, päpstlicher Koch, Kuppler, Besitzer verdächtiger Häuser mit dunklen Gartensälen für politische Zusammenkünfte, und wuchs zu einer schwammigen Riesengestalt, der man an zwanzig Stellen Spundlöcher in den Leib schlagen und statt Blut Gold abzapfen konnte.

Dem Streifkommando begegnete in den Nachmittagsstunden nichts Neues, und die Träumereien des Wachtmeisters erfuhren keine Hemmungen. Aber in ihm war ein Durst nach unerwartetem Erwerb, nach Gratifikationen, nach plötzlich in die Tasche fallenden Dukaten rege geworden. Denn der Gedanke an das bevorstehende erste Eintreten in das Zimmer mit den Mahagonimöbeln war der Splitter im Fleisch, um den herum alles von Wünschen und Begierden schwärte.

Als nun gegen Abend das Streifkommando mit gefütterten und halbwegs ausgerasteten Pferden in einem Bogen gegen Lodi und die Addabrücke vorzudringen suchte, wo denn doch Fühlung mit dem Feind sehr zu gewärtigen war, schien dem Wachtmeister ein von der Landstraße abliegendes Dorf, mit halbverfallenem Glockenturm in einer dunkelnden Mulde gelagert, auf verlockende Weise verdächtig, so daß er, die Gemeinen Holl und Scarmolin zu sich winkend, mit diesen beiden vom Marsche der Eskadron seitlich abbog und in dem Dorfe geradezu einen feindlichen General mit geringer Bedeckung zu überraschen und anzugreifen oder anderswie ein ganz außerordentliches Prämium zu verdienen hoffte, so aufgeregt war seine Einbildung. Vor dem elenden, scheinbar verödeten Nest angelangt, befahl er dem Scarmolin links, dem Holl rechts die Häuser außen zu umreiten, während er selbst, Pistole in der Faust, die Straße durchzugaloppieren sich anschickte, bald aber, harte Steinplatten unter sich fühlend, auf welchen noch dazu irgendein glitschriges Fett ausgegossen war, sein Pferd in Schritt parieren mußte. Das Dorf blieb totenstill; kein Kind, kein Vogel, kein Lufthauch. Rechts und links standen schmutzige kleine Häuser, von deren Wänden der Mörtel abgefallen war; auf den nackten Ziegeln war hie und da etwas Häßliches mit Kohle gezeichnet; zwischen bloßgelegten Türpfosten ins Innere schauend, sah der Wachtmeister hie und da eine faule, halbnackte Gestalt auf einer Bettstatt lungern oder schleppend, wie mit ausgerenkten Hüften, durchs Zimmer gehen. Sein Pferd ging schwer und schob die Hinterbeine mühsam unter, wie wenn sie von Blei wären. Indem er sich umwendete und bückte, um nach dem rückwärtigen Eisen zu sehen, schlürften Schritte aus einem Hause, und da er sich aufrichtete, ging dicht vor seinem Pferde eine Frauensperson, deren Gesicht er nicht sehen konnte. Sie war nur halb angekleidet; ihr schmutziger, abgerissener Rock von geblümter Seide schleppte im Rinnsal, ihre nackten Füße staken in schmutzigen Pantoffeln; sie ging so dicht vor dem Pferde, daß der Hauch aus den Nüstern den fettig glänzenden Lockenbund bewegte, der ihr unter einem alten Strohhute in den entblößten Nacken hing, und doch ging sie nicht schneller und wich dem Reiter nicht aus. Unter einer Türschwelle zur Linken rollten zwei ineinander verbissene blutende

Ratten in die Mitte der Straße, von denen die unterliegende so jämmerlich aufschrie, daß das Pferd des Wachtmeisters sich verhielt und mit schiefem Kopf und hörbarem Atem gegen den Boden stierte. Ein Schenkeldruck brachte es wieder vorwärts, und nun war die Frau in einem Hausflur verschwunden, ohne daß der Wachtmeister hatte ihr Gesicht sehen können. Aus dem nächsten Hause lief eilfertig mit gehobenem Kopfe ein Hund heraus, ließ einen Knochen in der Mitte der Straße fallen und versuchte ihn in einer Fuge des Pflasters zu verscharren. Es war eine weiße unreine Hündin mit hängenden Zitzen; mit teuflischer Hingabe scharrte sie, packte dann den Knochen mit den Zähnen und trug ihn ein Stück weiter. Indessen sie wieder zu scharren anfing, waren schon drei Hunde bei ihr: zwei waren sehr jung, mit weichen Knochen und schlaffer Haut; ohne zu bellen und ohne beißen zu können, zogen sie einander mit stumpfen Zähnen an den Lefzen. Der Hund, der zugleich mit ihnen gekommen war, war ein lichtgelbes Windspiel von so aufgeschwollenem Leib, daß er nur ganz langsam auf den vier dünnen Beinen sich weitertragen konnte. An dem dicken wie eine Trommel gespannten Leib erschien der Kopf viel zu klein; in den kleinen ruhelosen Augen war ein entsetzlicher Ausdruck von Schmerz und Beklemmung. Sogleich sprangen noch zwei Hunde hinzu: ein magerer, weißer, von äußerst gieriger Häßlichkeit, dem schwarze Rinnen von den entzündeten Augen herunterliefen, und ein schlechter Dachshund auf hohen Beinen. Dieser hob seinen Kopf gegen den Wachtmeister und schaute ihn an. Er mußte sehr alt sein. Seine Augen waren unendlich müde und traurig. Die Hündin aber lief in blöder Hast vor dem Reiter hin und her; die beiden jungen schnappten lautlos mit ihrem weichen Maul nach den Fesseln des Pferdes, und das Windspiel schleppte seinen entsetzlichen Leib hart vor den Hufen. Der Braun konnte keinen Schritt mehr tun. Als aber der Wachtmeister seine Pistole auf eines der Tiere abdrücken wollte und die Pistole versagte, gab er dem Pferde beide Sporen und dröhnte über das Steinpflaster hin. Nach wenigen Sätzen aber mußte er das Pferd scharf parieren. Denn hier sperrte eine Kuh den Weg, die ein Bursche mit gespanntem Strick zur Schlachtbank zerrte. Die Kuh aber, von dem Dunst des Blutes und der an den Türpfosten genagelten frischen Haut eines schwarzen Kalbes zurückschaudernd, stemmte sich auf ihren Füßen, sog mit geblähten Nüstern den rötlichen Sonnendunst des Abends in sich und riß sich, bevor der Bursche sie mit Prügel und Strick hinüberbekam, mit kläglichen Augen noch ein Maulvoll von dem Heu ab, das der Wachtmeister vorne am Sattel befestigt hatte. Er hatte nun das letzte Haus des Dorfes hinter sich und konnte, zwischen zwei niedrigen, abgebröckelten Mauern reitend, jenseits einer alten einbogigen Steinbrücke über einen anscheinend trockenen Graben den weiteren Verlauf des Weges absehen, fühlte aber in der Gangart seines Pferdes eine so unbeschreibliche Schwere, ein solches Nichtvorwärtskommen, daß sich an seinem Blick jeder Fußbreit der Mauern rechts und links, ja jeder von den dort sitzenden Tausendfüßen und Asseln mühselig vorbeischob, und ihm war, als hätte er eine unmeßbare Zeit mit dem Durchreiten des widerwärtigen Dorfes verbracht. Wie nun zugleich aus der Brust seines Pferdes ein schwerer rohrender Atem hervordrang, er dies ihm völlig ungewohnte Geräusch aber nicht sogleich richtig erkannte und die Ursache davon zuerst über und neben sich und schließlich in der Entfernung suchte, bemerkte er jenseits der Steinbrücke und beiläufig in gleicher Entfernung von dieser als wie er sich selbst befand, einen Reiter des eigenen Regiments auf sich zukommen, und zwar einen Wachtmeister, und zwar auf einem Braunen mit weißgestiefelten Vorderbeinen. Da er nun wohl wußte, daß sich in der ganzen Schwadron kein solches Pferd befand, ausgenommen dasjenige, auf welchem er selbst in diesem Augenblicke saß, er das Gesicht des anderen Reiters aber immer noch nicht erkennen konnte, so trieb er ungeduldig sein Pferd sogar mit den Sporen zu einem sehr lebhaften Trab an, worauf auch der andere sein Tempo ganz im gleichen Maße verbesserte, so daß nun nur mehr ein Steinwurf sie trennte, und nun, indem die beiden Pferde, jedes von seiner Seite her, im gleichen Augenblick, jedes mit dem gleichen weißgestiefelten Vorfuß die Brücke betraten, der Wachtmeister, mit stierem Blick in der Erscheinung sich selber erkennend, wie sinnlos sein Pferd zurückriß und die rechte Hand mit ausgespreizten Fingern gegen das Wesen vorstreckte, worauf die Gestalt, gleichfalls parierend und die Rechte erhebend, plötzlich nicht da war, die Gemeinen Holl und Scarmolin mit unbefangenen Gesichtern von rechts und links aus dem trockenen Graben auftauchten und gleichzeitig über die Hutweide her, stark und aus gar nicht großer Entfernung, die Trompeten der Eskadron »Attacke« bliesen. Im stärksten Galopp eine Erdwelle hinansetzend, sah der Wachtmeister die Schwadron schon im Galopp auf ein Gehölz zu, aus welchem feindliche Reiter mit Piken eilfertig debouchierten; sah, indem er, die vier losen Zügel in der Linken versammelnd, den Handriemen um die Rechte schlang, den vierten Zug sich von der Schwadron ablösen und langsamer werden, war nun schon auf dröhnendem Boden, nun in starkem Staubgeruch, nun mitten im Feinde, hieb auf einen blauen Arm ein, der eine Pike führte, sah dicht neben sich das Gesicht des Rittmeisters mit weit aufgerissenen Augen und grimmig entblößten Zähnen, war dann plötzlich unter lauter feindlichen Gesichtern und fremden Farben eingekeilt, tauchte unter in lauter geschwungenen Klingen, stieß den nächsten in den Hals und vom Pferd herab, sah neben sich den Gemeinen Scarmolin mit lachendem Gesicht einem die Finger der Zügelhand ab- und tief in den Hals des Pferdes hineinhauen, fühlte die Mêlée sich lockern und war auf einmal allein, am Rand eines kleinen Baches, hinter einem feindlichen Offizier auf einem Eisenschimmel. Der Offizier wollte über den Bach; der Eisenschimmel versagte. Der Offizier riß ihn herum, wendete dem Wachtmeister ein junges, sehr bleiches Gesicht und die Mündung einer Pistole zu, als ihm ein Säbel in den Mund fuhr, in dessen kleiner Spitze die Wucht eines galoppierenden Pferdes zusammengedrängt war. Der Wachtmeister riß den Säbel zurück und erhaschte an der gleichen Stelle, wo die Finger des Herunterstürzenden ihn losgelassen hatten, den Stangenzügel des Eisenschimmels, der leicht und zierlich wie ein Reh die Füße über seinen sterbenden Herrn hinhob.

Als der Wachtmeister mit dem schönen Beutepferd zurückritt, warf die in schwerem Dunst untergehende Sonne eine ungeheure Röte über die Hutweide. Auch an solchen Stellen, wo gar keine Hufspuren waren, schienen ganze Lachen von Blut zu stehen. Ein roter Widerschein lag auf den weißen Uniformen und den lachenden Gesichtern, die Kürasse und Schabracken funkelten und glühten, und am stärksten drei kleine Feigenbäume, an deren weichen Blättern die Reiter lachend die Blutrinnen ihrer Säbel abgewischt hatten. Seitwärts der rotgefleckten Bäume hielt der Rittmeister und neben ihm der Eskadronstrompeter, der die wie in roten Saft getauchte Trompete an den Mund hob und Appell blies. Der Wachtmeister ritt von Zug zu Zug und sah, daß die Schwadron nicht einen Mann verloren und dafür neun Handpferde gewonnen hatte. Er ritt zum Rittmeister und meldete, immer den Eisenschimmel neben sich, der mit gehobenem Kopf tänzelte und Luft einzog, wie ein junges, schönes und eitles Pferd, das es war. Der Rittmeister hörte die Meldung nur zerstreut an. Er winkte den Leutnant Grafen Trautsohn zu sich, der dann sogleich absaß und mit sechs gleichfalls abgesessenen Kürassieren hinter der Front der Eskadron die erbeutete leichte Haubitze ausspannte, das Geschütz von den sechs Mannschaften zur Seite schleppen und in ein von dem Bach gebildetes kleines Sumpfwasser versenken ließ, hierauf wieder aufsaß und, nachdem er die nunmehr überflüssigen beiden Zuggäule mit der flachen Klinge fortgejagt hatte, stillschweigend seinen Platz vor dem ersten Zug wieder einnahm. Während dieser Zeit verhielt sich die in zwei Gliedern formierte Eskadron nicht eigentlich unruhig, es herrschte aber doch eine nicht ganz gewöhnliche Stimmung, durch die Erregung von vier an einem Tage glücklich bestandenen Gefechten erklärlich, die sich im leichten Ausbrechen halb unterdrückten Lachens sowie in halblauten untereinnder gewechselten Zurufen äußerte. Auch standen die Pferde nicht ruhig, besonders diejenigen, zwischen denen fremde erbeutete Pferde eingeschoben waren. Nach solchen Glücksfällen schien allen der Aufstellungsraum zu enge, und solche Reiter und Sieger verlangten sich innerlich, nun im offenen Schwarm auf einen neuen Gegner loszugehen, einzuhauen und neue Beutepferde zu packen. In diesem Augenblicke ritt der Rittmeister Baron Rofrano dicht an die Front seiner Eskadron, und indem er von den etwas schläfrigen blauen Augen die großen Lider hob, kommandierte er vernehmlich, aber ohne seine Stimme zu erheben: »Handpferde auslassen!« Die Schwadron stand totenstill. Nur der Eisenschimmel neben dem Wachtmeister streckte den Hals und berührte mit seinen Nüstern fast die Stirne des Pferdes, auf welchem der Rittmeister saß. Der Rittmeister versorgte seinen Säbel, zog eine seiner Pistolen aus dem Halfter, und indem er mit dem Rücken der Zügelhand ein wenig Staub von dem blinkenden Lauf wegwischte, wiederholte er mit etwas lauterer Stimme sein Kommando und zählte gleich nachher »eins« und »zwei«. Nachdem er das »zwei« gezählt hatte, heftete er seinen verschleierten Blick auf den Wachtmeister, der regungslos vor ihm im Sattel saß und ihm starr ins Gesicht sah. Während Anton Lerchs starr aushaltender Blick, in dem nur dann und wann etwas Gedrücktes, Hündisches aufflackerte und wieder verschwand, eine gewisse Art devoten, aus vieljährigem Dienstverhältnisse hervorgegangenen Zutrauens ausdrücken mochte, war sein Bewußtsein von der ungeheuren Gespanntheit dieses Augenblicks fast gar nicht erfüllt, sondern von vielfältigen Bildern einer fremdartigen Behaglichkeit ganz überschwemmt, und aus einer ihm selbst völlig unbekannten Tiefe seines Innern stieg ein bestialischer Zorn gegen den Menschen da vor ihm auf, der ihm das Pferd wegnehmen wollte, ein so entsetzlicher Zorn über das Gesicht, die Stimme, die Haltung und das ganze Dasein dieses Menschen, wie er nur durch jahrelanges enges Zusammenleben auf geheimnisvolle Weise entstehen kann. Ob aber in dem Rittmeister etwas Ähnliches vorging, oder ob sich ihm in diesem Augenblicke stummer Insubordination die ganze lautlos um sich greifende Gefährlichkeit kritischer Situationen zusammenzudrängen schien, bleibt im Zweifel: Er hob mit einer nachlässigen, beinahe gezierten Bewegung den Arm, und indem er, die Oberlippe verächtlich hinaufziehend, »drei« zählte, krachte auch schon der Schuß, und der Wachtmeister taumelte, in die Stirn getroffen, mit dem Oberleib auf den Hals seines Pferdes, dann zwischen dem Braun und dem Eisenschimmel zu Boden. Er hatte aber noch nicht hingeschlagen, als auch schon sämtliche Chargen und Gemeinen sich ihrer Beutepferde mit einem Zügelriß oder Fußtritt entledigt hatten und der Rittmeister, seine Pistole ruhig versorgend, die von einem blitzähnlichen Schlag noch nachzuckende Schwadron dem in undeutlicher dämmernder Entfernung anscheinend sich ralliierenden Feinde aufs neue entgegenführen konnte. Der Feind nahm aber die neuerliche Attacke nicht an, und kurze Zeit nachher erreichte das Streifkommando unbehelligt die südliche Vorpostenaufstellung der eigenen Armee.